o braço mágico

© 2024 – Todos os direitos reservados

GRUPO ESTRELA

PRESIDENTE Carlos Tilkian

DIRETOR DE MARKETING Aires Fernandes

EDITORA ESTRELA CULTURAL

PUBLISHER Beto Junqueyra

EDITORIAL Célia Hirsch

COORDENADORA EDITORIAL Ana Luíza Bassanetto

PROJETO GRÁFICO Estúdio Versalete | CHRISTIANE MELLO

ILUSTRAÇÕES Fernando Zenshô

REVISÃO DE TEXTO Luiz Gustavo Micheletti Bazana

Dados Internacionais de Catalogação na Publicação (CIP)
(Câmara Brasileira do Livro, SP, Brasil)

> Murray, Roseana
> O braço mágico / Roseana Murray; ilustração Fernando Zenshô. – Itapira, SP: Estrela Cultural, 2024.
>
> ISBN 978-65-5958-118-4
>
> 1. Imaginação – Literatura infantojuvenil 2. Família – Literatura infantojuvenil 3. Saúde – Literatura infantojuvenil I. Zenshô, Fernando. II. Título.
>
> 24-209653   CDD-028.5

Índices para catálogo sistemático:
1. Literatura infantil 028.5
2. Literatura infantojuvenil 028.5

ELIANE DE FREITAS LEITE – BIBLIOTECÁRIA – CRB 8/8415

Proibida a reprodução total ou parcial, de nenhuma forma, por nenhum meio, sem a autorização expressa da editora.

1ª edição – Itapira, SP – 2024 – IMPRESSO NO BRASIL
Todos os direitos de edição reservados à Editora Estrela Cultural Ltda.

Rua Roupen Tilkian, 375
Bairro Barão Ataliba Nogueira
13986–000   Itapira – SP
CNPJ: 29.341.467/0001-87
estrelacultural.com.br
estrelacultural@estrela.com.br

Roseana Murray

o braço mágico

ilustrações
Fernando Zenshô

Para meus netos, Luís e Gabi.

Para Juan, para meus filhos e noras,
para minha irmã.

Para Bia Hetzel e Penélope Martins,
que me ajudaram com suas sugestões.

Para Eduardo Maratonista,
o primeiro anjo.

Para o Hospital Estadual Alberto Torres,
do SUS, que salvou minha vida.

A avó era poeta e tinha um braço invisível e mágico.

Um braço que alcançava o horizonte, mergulhava no mar e fazia cafuné nos cavalos-marinhos.

A mão da avó era invisível também e ambos tinham os mais belos poderes.

Para o braço não havia distância. Se houvesse uma pessoa triste muito longe, ele a alcançava e fazia carinho no rosto e nos cabelos dela.

E a pessoa, criança, jovem, adulto ou idoso, encontrava a alegria outra vez.

**É preciso dizer
que nem sempre
foi assim.**

Um acidente
fez a avó perder
um braço.

Quando tinha os dois braços, a avó fazia para os netos suspiros, *pizzas* e pudins, tudo o que pedissem. Agora, ela precisava de ajuda para algumas tarefas.

Mas, um dia, a avó se deu conta de que o braço existia com magia!

Apenas era invisível e fazia coisas magníficas.

Luís e Gabi eram incansáveis netos anjos.

Luís, menino músico, tocava guitarra para a avó. Gabi, garota arteira, fazia camisas coloridas para ela. Era a maneira de eles dizerem que a amavam.

Quando oferecemos amor do fundo do coração, ele cresce, fica imenso, depois explode para espalhar suas sementes pelo Universo.

A avó conseguia levar os meninos até muito longe com seu braço invisível. Uma vez, eles prepararam juntos uma cesta de sanduíches e gulodices. Escolheram a nuvem mais fofa e macia para o piquenique e, lá de cima, viram tantas belezas que nem dá para contar.

Outra vez, contando uma história das *Mil e uma noites*, a avó ficou tão encantada com determinado tapete voador, belíssimo, que o pediu emprestado, só um pouquinho, a um personagem.

O braço mágico fez o caminho de ida e volta e os netos rodopiaram pela sala, e querendo sempre mais.

A avó agora tinha duas datas de nascimento.

A primeira em dezembro, o mês que se derrama em maravilhas, quando ela chegou ao mundo.

E a outra em abril, o mês do nascimento do braço mágico, quando ela sofreu o acidente e um helicóptero do Corpo de Bombeiros a levou ao hospital.

Foi ali que aranhas douradas, ajudantes de fadas cuidadosas e magos formidáveis, juntaram-se à família da avó para salvar sua vida e cuidar de suas feridas.

Todos gostam de festejar o novo aniversário da avó. Mas Gabi e Luís colocaram algumas regras.

De adultos, só a avó! Fizeram uma lista de amigos para os convidados e decidiram que o bolo e os brigadeiros deveriam ser enfeitados com o braço mágico!

O braço mágico da avó não para! Ele anda por lonjuras espalhando poesia.

Um dia, esse é o maior sonho da avó, ela ganhará um braço biônico azul.

E então nascerá a avó de três braços!

ROSEANA MURRAY | ESCRITORA

Roseana Murray é poeta e avó de Luís e Gabi. No dia 5 de abril de 2024, ela sofreu um grave acidente, mas felizmente foi salva por pessoas capazes e uma onda de bondade surgiu feito mágica ao seu redor. Como a história de *O braço mágico*, Roseana escreveu outros tantos livros de poemas e também de histórias em prosa. Muitos de seus livros foram premiados, mas todos eles sempre tiveram o melhor dos prêmios: leitores e leitoras incríveis espalhados pelo Brasil e pelo mundo.

FERNANDO ZENSHÔ | ILUSTRADOR

Fernando Zenshô é pai de uma menina, ilustrador, artista plástico e educador. Sua história com os lápis e pincéis começou cedo, por influência de seus pais, e desde criança ele já gostava de transformar seu mundo fantástico em rabiscos e desenhos. Formou-se pela puc-rio em Arte e Design em 2005. Atualmente, cursa a pós-graduação em Literatura para Crianças e Jovens no Instituto Vera Cruz.